AF500993

IDYLLES,
Élégies
ET FABLES,

composées

Par les Elèves de Troisième

du Petit-Séminaire de Nantes,

en 1826,

et dédiées à leurs Parents.

Nantes,

Imprimerie de Mellinet-Malassis.

PETIT SEMINAIRE

DE NANTES.

A NOS PARENTS.

PARENTS chéris, qui de notre jeune âge
Prîtes toujours le soin le plus touchant,
Ah! que ne pouvons-nous, par ce sincère hommage,
Exprimer les transports d'un cœur reconnaissant!
Oui, c'est le désir de vous plaire
Qui nous anime et soutient nos travaux:
Heureux, si notre amour sincère
Pouvait vous procurer quelques plaisirs nouveaux!
Quelle joie enivra notre âme,
Quand, pour nous animer à de plus grands succès,
Vous daignâtes sourire à nos premiers essais!
Ce souvenir seul encor nous enflamme.
Nous avons essayé de plus nobles sujets:
Par une ardeur peut-être téméraire,
Nous chantons un bon fils, soutien de son vieux père;
Du tendre Palémon les vertus, les bienfaits;
L'orphelin priant pour sa mère;
Myrtil, loin de son père, exprimant ses regrets;
Puis, aux dents d'un tigre en furie,
La mère courageuse arrachant son enfant;
Joseph, près de Memphis, traînant sa triste vie,
Et, sur son fils, Jacob sans cesse gémissant.
Touchants sujets, auxquels la poësie,
Avec sa grâce et sa douce harmonie,
Pourrait donner de nouveaux agréments;

Mais vous savez que vos tendres enfants,
De ces sujets puisés dans la nature
Ne peuvent vous offrir qu'une faible peinture ;
Ils n'ont pour tout mérite, aux yeux de leurs parents,
Que leur amour et leur reconnaissance :
C'est là ce qui rendra leurs efforts précieux.
Si ces faibles essais n'offrent point à vos yeux
La force unie à l'élégance,
Et d'un style soigné la grâce et la douceur,
Vous pourrez dire au moins, avec toute assurance :
Leur main traçait ce que sentait leur cœur.

AU NOM DES ÉLÈVES DE TROISIÈME,

ANTHIME MENARD, *de Savenay.*

IDYLLE.

L'Heureux Vieillard.

SUR le déclin du jour, devant son toit assis,
Versant des pleurs de joie et de tendresse,
Lycidas attendait le retour de son fils.
Lycidas conservait sous ses cheveux blanchis,
Et sous les traits ridés d'une longue vieillesse,
Des enfants l'aimable candeur :
La sérénité d'un bon cœur
Sur son front remplaçait le feu de la jeunesse.
Tout-à-coup, élevant ses regards vers les cieux :
« O Dieu ! s'écria-t-il, combien je suis heureux !
Mon fils fait mon bonheur, ma joie et ma richesse :
Jamais son cœur reconnaissant
Ne méconnut la main qui soigna son enfance.
Combien de fois, quand la souffrance,
Malgré moi, m'arrachait un soupir alarmant,
L'ai-je vu répandre de larmes !
Oh ! que pour moi sa présence a de charmes !
Il m'aime, il sent ma peine, il calme mes douleurs.
Déjà quatre-vingts fois j'ai vu les tendres fleurs
Renaître et se flétrir, et ma main défaillante
Redoute du hoyau la charge trop pesante ;
Mais jusqu'à ce moment, non, jamais mon Lycas
Des soins qu'il m'a coûtés n'a perdu la mémoire.

Ah ! je le vois, d'un père un bon fils est la gloire.
Lorsque, bien jeune encore, il jouait dans mes bras,
Je le voyais déjà sourire à ma tendresse ;
　　Que ce souris me remplissait d'ivresse !
Mon fils, je m'en souviens, quand devenu plus grand,
Tu paissais nos troupeaux, labourais notre champ,
Oh ! quel torrent de joie innondait ta belle âme ;
Si tu pouvais, chargé de fruits délicieux,
Le soir, venir m'offrir ces doux présents des cieux !
Lorsque de tous ses feux l'astre du jour s'enflamme,
Sans peine tu bravais ses brûlantes ardeurs :
　　　　Ah ! pour soulager ma misère,
Combien de fois ton front fut baigné de sueurs !
　　　　Mais reviens-tu dans la chaumière,
　　Après tes longs et pénibles travaux,
Goûter à mes côtés les douceurs du repos ;
　　Assis tous deux au pied de ce vieux chêne,
　　Nous n'avons plus de douleur ni de peine,
J'adoucis ta fatigue et tu calmes mes maux. »

Alors le bon vieillard aperçoit dans la plaine
　　　　Son cher Lycas qui vient vers lui :
　　Lycas arrive, embrasse son vieux père,
　　Et de son bras il lui prête l'appui ;
Tous deux, le cœur content, regagnent la chaumière.

Ev. Alex. BRETONNIÈRE, *de la Chapelle-Heulin.*

IDYLLE.

La Mère Courageuse.

BERGERS, que ce beau jour rassemble dans ces lieux,
Pour entendre mes chants, interrompez vos jeux ;
Que je puisse aujourd'hui trouver l'art de vous plaire:
« L'astre brillant du jour, de sa vive lumière
Déjà ne lançait plus que des traits languissants :
Soudain du fond des bois de longs rugissements
Font retentir au loin la prochaine vallée.
Bientôt se montre à nous, la gueule ensanglantée,
Un tigre monstrueux, blessé par un chasseur ;
Ses yeux étincelants respirent la fureur ;
Sa démarche intrépide et sa voix mugissante
Sèment dans les hameaux l'horreur et l'épouvante.
Le vallon retentit de nos cris redoublés,
Et sans défense, hélas ! nous fuyons consternés.
Tranquille cependant auprès d'une chaumière,
Un jeune enfant jouait sous les yeux de sa mère,
Et par ses petits jeux, il charmait son ennui;
Le tigre l'aperçoit, il s'élance sur lui,
Le saisit, et déjà l'emporte plein de rage.
Sentant à cet aspect s'enflammer son courage,
La mère en ce danger n'écoute que son cœur ;
Elle ne connaît point une indigne frayeur,
Elle vole soudain où son amour l'appelle :

Sa tendresse lui prête une force nouvelle ;
Et, saisissant le tigre avec ses faibles bras,
Elle veut ou mourir, ou sauver du trépas,
Ce fils qu'elle chérit plus que sa propre vie.
Long-temps elle combat l'animal en furie ;
De fatigue épuisée elle est près de périr,
Lorsque tous les bergers viennent la secourir.
Mais tout-à-coup le tigre abandonne sa proie.
La mère alors, quel fut le transport de sa joie !
Voit tomber à ses pieds l'animal expirant :
Dans ses bras aussitôt elle prend son enfant.
Pour comble de bonheur, cet enfant qu'elle adore,
L'objet de son amour, ah ! son fils vit encore.
Il tend ses petits bras, il sourit à ses pleurs,
Ce souris de sa mère a calmé les douleurs.
La troupe des bergers près d'elle rassemblée
A ce touchant spectacle, immobile, étonnée,
D'une mère admirait l'amour prodigieux.
Son nom par les bergers fut porté jusqu'aux cieux.
Vous qui dans les cités, loin de cette chaumière,
Apprendrez la vertu de cette tendre mère,
Vous ne redoutez point qu'un tigre furieux
Vienne pour dévorer vos enfants sous vos yeux :
Mères, craignez pour eux des monstres plus terribles,
A leurs pressants dangers que vos cœurs soient sensibles.
Ah ! le vice, paré de ses appas trompeurs,
Menace à chaque instant d'empoisonner leurs cœurs.
Défendez vos enfants ; en gagnant la victoire,
Mères, vous obtiendrez une immortelle gloire. »
Palémon, à ces mots, se tait : chaque berger
Immobile semblait encore l'écouter.

JÉR. DIEU-DONNÉ TARDIF, *d'Angers.*

IDYLLE.

Les Louanges de Palémon.

PALÉMON ! Palémon ! ô nom cher à mon cœur !
C'est toi qui fais régner la joie et le bonheur
Dans nos campagnes fortunées ;
On ne voit plus les pleurs attrister ces beaux lieux ;
On n'entend plus gémir la voix des malheureux ;
Toutes les larmes sont séchées.

Palémon ! qui pourrait oublier tes bienfaits !
Si dans tous nos hameaux on voit la douce paix
Verser parmi nous l'allégresse ;
Et si tous nos bergers, unissant leurs accords,
Célèbrent le Seigneur par de pieux transports,
C'est un bienfait de ta tendresse.

Quelquefois, entouré des vieillards du hameau,
Nous te voyons, assis sur le prochain coteau,
Sourire au plaisir de notre âge.
D'autres fois, parcourant et nos prés et nos champs,
Par d'utiles leçons, par tes discours touchants
Tu viens doubler notre courage.

Mais quand tout le hameau, près de toi rassemblé,
Vient écouter le soir avec avidité
Les leçons de l'expérience:
« Toujours votre bonheur fut l'objet de mes vœux!
« Répetes-tu souvent; voulez-vous vivre heureux,
» Bergers, vivez dans l'innocence.

❂

« Que toujours le malheur vous trouve généreux;
» Si les fertiles champs d'un voisin malheureux
» Sont désolés par les orages;
» S'ils ne présentent plus que de tristes déserts;
» Que pour votre voisin tous vos greniers ouverts,
» Du ciel reparent les ravages. »

❂

Palémon, c'est ainsi que tes douces leçons
Instruisent les bergers de ces heureux cantons,
Et dirigent notre jeunesse.
Pour guide, ô Palémon! nous avons tes vertus;
Et nous aurons encor, quand tu ne seras plus,
Le souvenir de ta sagesse.

ANTHIME MÉNARD, *de Savenay.*

IDYLLE.

Myrtil à la Cour.

ENVIRONNÉ d'éclat, de pompe et de grandeurs,
Aimé, chéri du prince, et comblé de faveurs,
Je ne suis point heureux ! Parents, troupeau, houlette,
Trésors trop tôt perdus, combien je vous regrette !
J'ai vu de près les grands, j'ai goûté leurs plaisirs :
De mon cœur rien n'a pu contenter les désirs.
Bientôt tout s'est enfui comme une ombre légère.
Oui, ton souvenir seul me console, ô mon Père !
Si tu savais combien dans ces palais brillants
Des bergers du hameau les grands sont différents !
Dans nos hameaux, tu sais, le fils aime son père ;
Ici ce sentiment paraîtrait trop vulgaire :
Dans nos hameaux encore on voit la bonne foi
A tous leurs habitants dicter sa douce loi ;
Mais des palais des grands la franchise est bannie.
O mon père ! on n'y voit qu'intrigue et fourberie.
Combien de fois, jugeant des autres sur mon cœur,
Ai-je été le jouet du plus vil imposteur !
Que ne puis-je quitter ma brillante misère,
Et vivre auprès de toi dans ta pauvre chaumière
Où je coulai jadis des jours si fortunés,
En ces lieux que je pleure encor d'avoir quittés !
Ah ! si tu ne vois point ces superbes portiques,

Ces palais si pompeux, ces lambris magnifiques,
Où le nombreux essaim d'avides courtisans
Et se pousse, et se presse, et s'agite en tout sens;
Tu jouis des beautés que t'offre la nature ;
A tes yeux le printemps étale sa verdure ;
L'automne à pleines mains te prodigue ses dons,
Et tes champs sont couverts de fertiles moissons.
Dans ton humble chaumière et sous ton toit rustique,
Tu n'entendis jamais ces concerts de musique,
Qui charment notre oreille, amolissent nos cœurs,
Et nous laissent en proie à toutes nos douleurs;
Mais souvent tu t'endors, sous un épais bocage,
Au doux frémissement du mobile feuillage,
Ou bien au bruit confus des rapides ruisseaux
Qui du haut des rochers précipitent leurs eaux.
Mais, peut-être, pour toi mon absence empoisonne
Ces plaisirs innocents que la nature donne ;
Tu regrettes ton fils ; accablé de douleur
Ton cœur repousse au loin les charmes du bonheur :
Tu ne sais que te plaindre et gémir, ô mon père !
Errant seul, tout en pleurs, au vallon solitaire,
Où, pour son cher Myrtil, ma mère a tant prié,
Ta voix accuse un fils de t'avoir oublié.
Oh ! non, mon père, non ; ton Myrtil t'aime encore :
J'en atteste le ciel et le Dieu que j'adore !
Oui je veux être encor l'espoir de tes vieux ans,
Je vais te consoler, et tes pas chancelants
Vont retrouver en moi l'appui de ta vieillesse.
Père, troupeau, cabane, objets de ma tendresse,
A mes désirs ardents vous serez donc rendus !
Adieu, superbe cour : je ne te verrai plus.

PAUL D'ANDIGNÉ, *d'Angers.*

Élégie.

La Veuve et l'Orphelin.

Le jour luisait à peine aux portes du matin,
Lorsque Damon, jeune orphelin,
Allait, aux pieds de la Croix solitaire,
Verser des pleurs et prier pour sa mère :
« Seras-tu donc toujours en proie à tes douleurs ?
Ne te verrai-je plus sourire à mes caresses ?
Ma mère, quelquefois dans tes bras tu me presses,
Mais aussitôt je vois couler tes pleurs !
Ah ! si du moins je pouvais de ma mère
Adoucir enfin les malheurs !
Depuis bien des jours, pour te plaire,
Je me fatigue en efforts superflus :
Comme autrefois, hélas ! tu ne m'aimes donc plus ?
Veux-tu laisser ton fils plongé dans la misère ?
Dieu, qui déjà m'avez ravi mon père,
Ne me ravissez pas mon unique secours !
Tranchez plutôt, tranchez mes jours !
Ah ! je ne crains rien tant que survivre à ma mère !
Que dis-je ? si je meurs, elle voudra mourir :
Et seule alors, sous son toit solitaire,
Nuit et jour sur son sort on l'entendrait gémir :

Oui, sa douleur est déjà bien amère,
Mais un bon fils peut encor l'adoucir.
O vous, que tous les jours j'adore,
Mon Dieu, soyez sensible aux pleurs d'un orphelin !
Je pourrais mourir de chagrin,
Mais non, non; que je vive encore
Pour être, hélas ! son trop faible soutien !
Faites luire en son cœur un rayon d'espérance;
Récompensez ses soins donnés à mon enfance :
C'est elle qui m'apprit à bénir votre nom,
A vous adresser mes prières;
Sa vertu fut pour moi la plus douce leçon,
Et, par ses conseils salutaires,
Elle a su vers le bien guider mes premiers pas.
Oh ! non, ma mère ne crains pas
Que jamais tes conseils sortent de ma mémoire;
Les suivre en tout, sera mon bonheur et ma gloire :
Le vice, pour ton fils, n'aura jamais d'appas.
De mon cœur, ô mon Dieu, conservez l'innocence !
Si je cessais jamais de vous aimer;
Si, des méchants, je suivais la licence;
Hélas ! ma vue et ma présence
Ne pourraient plus la consoler !
Oh ! oui, je veux sécher tes larmes,
Je le promets de tout mon cœur;
La vertu, pour ton fils, aura toujours des charmes;
Ah ! s'il pouvait adoucir ton malheur ! »
Par les sanglots, sa voix est alors étouffée.
Au fond du berceau retirée,
Sa mère avait tout entendu.
Elle accourt : « ô mon fils, me pardonneras-tu
De m'être trop livrée à ma douleur amère,

De n'avoir pas assez compté sur ton amour ?
Oui, tant que je vivrai, je bénirai le jour
Où j'eus le bonheur d'être mère !
Oui, mon fils, je vivrai pour toi ;
Puisqu'en vivant dans l'innocence
Tu veux toujours vivre pour moi.
O Dieu, qui protégez le malheur et l'enfance,
Ah, de mon fils, soyez toujours l'appui !
Vous le voyez, pour calmer ma souffrance,
Sur la terre, je n'ai que lui.»

EV.-ALEX. BRETONNIÈRE, *de la Chapelle-Heulin.*

Élégie.

Les deux jeunes Israélites captifs à Babylone.

Sur les bords que l'Euphrate arrose de son onde,
Abattu, consumé d'une douleur profonde,
Seul, et loin des regards de ses persécuteurs,
Le jeune Eliacin songeait à ses malheurs.
Il pleurait; une voix par l'écho prolongée
Vient frapper tout-à-coup son oreille étonnée.
Il écoute; il entend de douloureux accents :
De son cher Zacharie il reconnaît les chants;
Il avance, il approche, en essuyant ses larmes.

ELIACIN.

Ah! pour Eliacin que tes chants ont de charmes!
Dit-il en l'abordant; un instant dans mon cœur
Ils ont, cher Zacharie, adouci ma douleur.
Redis-moi de Sion la déplorable histoire :
Jérusalem toujours vivra dans ma mémoire.
En confondant leurs pleurs, hélas! deux malheureux
Trouveront, cher ami, leur sort moins rigoureux.

ZACHARIE.

Ah! comme toi captif au printemps de mon âge,
Qu'il est doux pour mon cœur, en ce dur esclavage,
De trouver un ami qui partage mes maux!

ELIACIN.

Commence ; ne crains rien ; car nos maîtres nouveaux,
Nos cruels oppresseurs, ne pourront pas t'entendre.
Berger, asseyons-nous ici sur l'herbe tendre.
Zacharie, ah ! tes chants calmeront mes douleurs ;
Ils me soulageront en m'arrachant des pleurs.

ZACHARIE.

« Exilé pour toujours des lieux qui m'ont vu naître,
Gémissant, opprimé chez un peuple inhumain,
Faut-il, si jeune encor, dans un pays lointain,
Vivre, hélas ! sous les lois de ce barbare maître
Qui rit des pleurs de l'orphelin :

O Sion ! qu'as-tu fait de ta magnificence ?
Où sont ces ornements, ces marques de grandeur,
Dont tu te couronnais aux jours de ton bonheur ?
Tu vivais dans la joie, au sein de l'opulence,
Toute brillante de splendeur.

Tel le cèdre orgueilleux, levant sa tête altière,
Couronne du Liban le front audacieux ;
C'est ainsi que ton front s'élevait vers les cieux :
Et maintenant, hélas ! couché dans la poussière,
Il n'a plus rien de radieux.

Quelle foule innombrable en ton auguste enceinte
Accourait autrefois à tes solennités !
Ton temple résonnait des cantiques sacrés :
Et tu t'applaudissais, lorsque ta pompe sainte
Charmait tes peuples étonnés.

Quel cruel changement ! déserte, abandonnée,
Tu vois le vil reptile habiter tes débris ;
Et l'on entend, hélas ! sous tes riches lambris,
Maintenant des hiboux retraite désolée,
Retentir de lugubres cris.

Conduit, bien jeune encor, par la main de ma mère
A tes fêtes souvent on me voyait courir :
Et mon cœur n'avait point de plus touchant plaisir.
Où sont-ils ces beaux jours ? comme une ombre légère
Je les ai vus s'évanouir.

Tel qu'un loup furieux, que la faim dévorante
Précipite en aveugle au milieu d'un troupeau,
Il saisit, il dévore un timide chevreau ;
Tels on vit les vainqueurs de Sion gémissante
Me saisir comme un faible agneau.

Un cruel, sourd aux cris de ma mère éplorée,
Se rit de sa douleur, m'arrache de ses bras,
Me livre à la fureur des féroces soldats,
Et bien loin de Sion, au pillage livrée,
Me force de traîner mes pas.

O fleuve du Jourdain ! sur tes rives fleuries,
Je n'irai plus, aux pieds de ces riants côteaux,
Sous un ombrage épais, goûter un doux repos,
Tandis que, dispersés dans les vastes prairies,
Bondissaient gaîment mes agneaux.

O Dieu ! qui, tant de fois, sur ce peuple indocile

Versâtes vos bienfaits et vos dons précieux,
Laisserez-vous toujours vos enfants malheureux
Pousser vers votre trône une plainte inutile,
Et fatiguer en vain les cieux.

Non, vous n'oublîrez point, Seigneur, votre promesse ;
Jetez, jetez sur nous des regards protecteurs ;
Laissez-vous attendrir par nos longues douleurs ;
Et rendez-nous enfin votre ancienne tendresse :
Votre main séchera nos pleurs.

Zacharie, à ces mots, se tait. Hors de luimême
Eliacin s'écrie ! O cher ami, que j'aime
De tes tristes accents entendre la douceur !
Je n'avais point encor, depuis notre malheur,
Senti de son fardeau mon âme soulagée :
Jusqu'ici la douleur en mon sein renfermée,
Ne trouvait point de cœurs propres à l'adoucir.

ZACHARIE.

Il faut, Eliacin, souvent nous réunir.
Loin de nos oppresseurs, dans ce lieu solitaire :
La douleur qu'on partage en devient moins amère.

JÉROME DIEU-DONNÉ TARDIF, *d'Angers.*

Elégie.

Joseph à Memphis.

ENFIN débarrassé d'une foule importune,
Je puis donc me livrer à mes justes douleurs !
Je puis sans nul témoin gémir sur ma fortune,
Et répandre des pleurs !

C'est en vain que Memphis, de gloire environnée,
Étale à mes regards sa pompe et sa grandeur :
Aux pieds de ses faux dieux je la vois prosternée ;
Memphis m'est en horreur.

Pharaon me chérit, et le peuple m'honore ;
De courtisans nombreux je me vois entouré ;
Mais le Dieu d'Abraham, le vrai Dieu que j'adore
Est ici blasphêmé.

« Venez, me disent-ils, avec nous rendre hommage
» Aux êtres immortels qui protégent ces lieux ;
» Pour vous ils ont brisé les fers de l'esclavage ;
» Rendez grâce à nos dieux. »

Moi ! du Dieu de Jacob je perdrais la mémoire !
Que ma langue plutôt s'attache à mon palais,
Si je cesse jamais de publier sa gloire,
Et chanter ses bienfaits !

Vendu dans ces climats dès ma tendre jeunesse ;
Éloigné des beaux lieux où Rachel m'a nourri,
Accablé de douleur, consumé de tristesse,
J'espère encore en lui.

Oui, j'espère ; mon sort est dans sa main suprême :
Aux maux de l'innocence il se laisse attendrir.
Ah ! si du moins Joseph, dans son malheur extrême,
Était seul à souffrir !

Pour toi, quel coup cruel ! ô Jacob ! ô mon père !
Ta vieillesse succombe à ton funeste sort.
Tu crois ton fils perdu ! Dans ta douleur amère
Tu demandes la mort !

Ton Joseph vit encor : dans une cour brillante,
D'un peuple entier les yeux se sont fixés sur moi.
Mais hélas ! que me sert cette pompe éclatante ?
Je ne vis plus pour toi !

Et vous, frères chéris, que le remords déchire !
Vous qui de mon bonheur terminâtes le cours ;
Oh ! oui, je vous pardonne un moment de délire :
Je vous aime toujours.

ANTHIME MÉNARD, *de Savenay.*

Élégie.

Jacob pleurant la mort de Joseph.

Le printemps dans nos champs ramène la verdure
Et fait épanouir les fleurs :
Il bannit les frimats, il rend à la nature
Et son brillant éclat et ses vives couleurs;
Il inspire aux oiseaux des concerts d'allégresse,
Il fait tout renaître plus beau ;
Et moi, consumé de tristesse,
Père trop malheureux ! je descends au tombeau.
J'espérais voir blanchir mes cheveux dans la joie;
Et le bonheur devait couronner mes vieux ans,
Lorsque d'un lion Joseph est devenu la proie.
Hélas ! mes yeux ont vu, sur ses habits sanglants,
De son funeste sort les marques trop certaines.
Loin de mon toit, dans les fertiles plaines
Que le Jourdain arrose de ses eaux,
Ses frères conduisaient ensemble leurs troupeaux :
Mais bientôt sur leur sort ma tendresse alarmée,
Par les soins de Joseph veut être rassurée.
Il part : après trois jours, inquiet, je l'attends;
Quand je vois accourir vers moi tous mes enfants :
Mes yeux cherchent Joseph ; mais Ruben se présente,

Et m'offre de Joseph la robe encor sanglante (1),
A cet aspect, je sens tous mes membres frémir.
« De votre fils, dit-il, voilà tout ce qui reste. »
Abattu par ce coup funeste,
Ma vie hélas se consume à gémir.
Toi qui faisais l'espoir de ma vieillesse,
Cher Joseph, pour ton père il n'est plus de bonheur.
En vain pour calmer ma douleur,
Ils me prodiguent leur tendresse,
Leur vue aigrit encor mes maux;
Dans leurs mains je crois voir ta robe ensanglantée,
Telle qu'à mes regards Ruben l'a présentée.
O mon Joseph! tes jours étaient si beaux!
Tout souriait à leur brillante aurore!
A mes côtés je crois te voir encore
Croître pour être un jour l'honneur de nos hameaux.
Tu priais avec moi; tu soulageais tes frères;
Combien de fois de leurs misères
Je t'ai vu délivrer déjà des malheureux!
O mon fils! tu courais au-devant de mes vœux!
Tu serais aujourd'hui l'appui de ma faiblesse:
Mais, sans Joseph, ah! ma triste vieillesse
Succombe à ses douleurs.
Au milieu de mes fils, affligé, solitaire,
Je me traîne avec peine autour de ma chaumière,
En répandant des pleurs!
O Dieu! soyez sensible aux pleurs d'un pauvre père!
A mes douleurs laissez-vous attendrir.
J'ai perdu mon Joseph! il me faut bien mourir!

PAUL D'ANDIGNÉ, *d'Angers.*

---

(1) Ici la vérité historique est un peu altérée; on n'a pas cru devoir le corriger.

IDYLLIUM.

AD PALEMONA.

Quis te, Palœmon, laudibus efferat
Dignis ? Quibus te carminibus sacris
Cantemus ? O qui tam profusâ
Munera tanta manu refundis !

Non lacrymis jam pauperies genas
Despecta spargit; lætitiâ miser
Exsultat insuetâ ; Palœmon
Tempora nunc revocas serena.

Jam læta pax arva incolit aurea :
Omnes alacres, auspicio tuo,
Sanctas ad aras vota dicant,
Cantica sacra Deo canentes.

Hic sæpiùs tu cùm senibus bonis,
In rupe summâ non procul insidens,
Nos valle ludentes virenti
Ora serenus amica cernis.

Aut nostra perlustrans sata, candidus
Sermone leni robora duplicas ;

Aut sole jam labente, simplex
Eloquio dociles nos beatam

Vitam erudis : « Vos, deliciæ meæ,
» Queis cuncta velim prospera, vivite
» Innoxii ; nam sola vita
» Innocua esse potest beata.

» Si læta pastoris miseri sata,
» Messesque nimbus straverit horridus,
» Spem pauperi fracto benignam
» Horrea cuncta reclusa reddant. »

Sic nos, Palœmon, consiliis juvas ;
Et quem doces virtus tua tramitem
Demonstrat ; æternum tenebit
Quisque memor tua facta pastor.

FRANÇOIS MAUGIS, de *Vertou.*

IDYLLIUM.

MATRIS MAGNANIMÆ LAUDES.

Nox erat incipiens, et cœlo clara sereno
Luna dabat lucem, tranquillaque rura silebant.
Una aderant pagi juvenes, seniorque Palemon,
Hos inter meritis gravis, ac pietate sedebat.
Incipit ille : « Meis arrectæ cantibus aures
Astent : magnanimæ mirum cano matris amorem.
  Jam sol occiduus lumen condebat in undis ;
Cùm nemora alta sonant, late sonat undique valles :
Protinus erumpit sylvis, accepto vulnere, tigris,
Ora cruenta furens : oculis ardentibus ignis
Emicat, impavidus rapido ruit impete ; pagum
Attonitum furiosa petit ; terrentur agrestes,
Diffugiunt. Tunc ludebat propè limen Alexis ;
Jam quater auratis flaventia messibus arva
Viderat ; intereà currenti pollice fusum
Torquebat secura parens, carmenque canebat.
In puerum tigris ruit, et mox dente furenti
Arripit, et sylvas repetit jam pondere gaudens.
At miseræ matri commoto in pectore virtus
Ardescit, trepidansque volat, spernitque periclum ;
Aut servare flagrat natum aut occumbere morti :
Irruit, et tigridis correptæ guttura stringit ;
Insolitas tenero vires timor addit amori.

Bellua torva furit, longùm luctatur arenâ
Ut sese expediat : nitens magis illa lacertis
Comprimit ; at superest demùm spes nulla salutis :
Defessa exhaustæ matri jam brachia torpent ;
Cùm subitò ante pedes tigris procumbit anhela,
Moxque exstincta jacet. Natus tùm matris in ulnas
Advolat, oscula dat trepidans, ollique gementi
Subridens lacrymas siccat, mulcetque dolorem.
Pastores subeunt ; et tantum matris amorem
Laudibus attoniti certatim ad sidera tollunt.
O! quæ divitiis urbes auroque superbas
Incolitis, teneræ matres, non horrida tigris
Saltibus egrediens, pueris metuenda tenellis ;
Ne sit cæca quies ; magis horrida monstra minantur ;
Caros, sollicitæ matres, defendite, natos :
Si curâ semper vigili, si pectore firmo
Nunc opus est ; æterna paravit præmia numen.

PAUL BOISCOURBEAU, *de Palluau.*

IDYLLIUM.

ABRAHAM, SEU HOSPITALITAS.

PINGUIA Jordanis quæ profluit arva colebat
Abram, dives agri, pecorumque ; at ditior ille
Optato dudùm nato, qui munere cœli
Crescebat senioris amor columenque parentis.
At si læta seges cultis flavescit in arvis,
Si gravidæ pecudes fertilia pabula pascunt,
Ipse docet puerum dignas persolvere grates,
Atque Deo secum modulari cantica sacra :
Ipse docet magnas, cœli quas dona benigni
Servat opes, misero semper cum paupere largum
Partiri, durisque malis succurrere fratrum.
Æstus erat, medio cursu ardens sol incenderat arva,
Cùm quercûs patulâ defessus uterque sub umbrâ
Otia carpebat ; geminos sua rura petentes
Prospiciunt juvenes ; Isaac prior obvius ivit :
Illosque excipiens hilaris deduxit ad Abram.
Tùm senior juvenes verbis affatur amicis :
« O ! qui defessi fervente inceditis æstus,
» Tecta subite mea : ô juvenes ! mihi dulcia poma,
» Lacque novum ; mecum vos hâc requiescite nocte. »
Hæc ubi dicta, domum senior conduxit utrumque.
Ast Isaac lætus per campos emicat ardens,

Currit, et exsultat matri prænuncius ire.
Vix ambo juvenes Abram sub limina fessi
Perveniunt, cùm jam selecta ex arbore poma
Isaacus carpsit properans, dùm sedula mater
Fictile vas magnum spumanti lacte repleret.
Ipse senex agnum lætus mactavit opimum
Et parvas dapibus mensas oneravit inemptis.
Ast ambo juvenes reparant dùm robora victu,
Quæ sit causa viæ, quæ magna pericla fuissent
Jàm narrare juvat; tacitus narrantibus aures
Arrectas tenet, et varios puer exhibet ore
Commoti sensus animi, et de pectore ducit
Interdum gemitus, et spargit fletibus ora.
Postquàm exempta fames, tranquillo membra sopore
Fessa levant. Simul ac auroræ lumina fulgent
Jam prodire parant, puero sic fausta precantes.

1. Viator.

Ornatus crescat cunctis virtutibus Isaac;
Innocuam semper ducat sapientia mentem.

2. Viat.

Sit bonus et sapiens; ollique ex ore sereno
Dulcia verba fluant; miseris succurrere discat.

1. Viat.

Semper honos, et solamen sit dulce parentum,
Et magis atque magis crescat virtutis amore.

2. Viat.

Vive, puer, felix, numquam tibi tempora surgant
Nebula; sub pedibus succrescant undique flores.

JOSEPH BRIAND, *de Cambon.*

Élégie.

Le Berger

Qui sacrifie sa vie pour son Troupeau.

Daphnis et Amyntas.

DAPHNIS.

Cher Amyntas, la joie a fui loin de nos hameaux : quel cruel événement est venu tout à coup troubler le cours de notre bonheur !

AMYNTAS.

Hélas ! cher Daphnis, depuis que Philandre nous a été enlevé par un destin funeste, ces campagnes si belles n'ont plus rien que de triste pour moi.

DAPHNIS.

Oui, berger, la présence de Philandre embellisait ces lieux. Mais raconte-moi, je te prie, les détails de cette mort si cruelle.

AMYNTAS.

Il y a trois jours que cet aimable berger n'est plus. Le soleil rougissait déjà l'occident de ses feux amortis, et allait bientôt nous dérober la lumière : Philandre, assis sur ce coteau au pied d'un vieux chêne, veillait à la garde de son troupeau, qui paissait tranquillement dans le vallon. Tout-à-coup un lion furieux sort du bois et s'élance sur ses timides brebis. Déjà il en avait saisi une et l'emportait fièrement. Philandre voit son troupeau en désordre, son chien renversé tout sanglant, et une de ses brébis dans la gueule du lion. A cette vue, il se précipite, armé de la seule houlette, il atteint le lion, et ose le combattre.

L'animal, devenu plus furieux, laisse sa proie, et se jette sur le berger. Philandre, malgré ses efforts, succombe bientôt et est mis en pièces. Le lion s'éloigne; comme s'il eut été satisfait de sa victoire sur le berger, il épargne le troupeau, et se cache au fond de la forêt.

Philandre n'est plus ! Vous tous qui avez connu Philandre, pleurez ce berger bienfaisant ! Comme il aimait à répandre ses bienfaits dans tous nos hameaux ! Quelle joie brillait sur son front, quand il avait secouru un malheureux, réparé les pertes de son voisin, et partagé avec le pauvre le lait de ses troupeaux ! Sa bonté et sa douceur lui gagnèrent tous les cœurs. Un jour, il m'en souvient, deux scélérats vont lui demander l'hospitalité : ils en reçoivent le plus gracieux accueil, et trouvent dans sa chaumière tous les soins d'une âme généreuse. Cependant ils méditaient sa mort, leur complot ne réussit pas : Philandre leur pardonne et les renvoie comblés de présents.

Oui, Philandre était le meilleur des bergers, sa vertu brillait dans nos hameaux, comme l'astre du jour à son lever : elle était douce et pleine de majesté. Hélas ! Philandre n'est plus ; mais il vivra toujours dans nos cœurs. Vous tous qui avez connu Philandre, pleurez ce berger bienfaisant !

AMAND-LUC DE LEPERTIÈRE, *de St.-Viaud.*

Idylle.

Isaac,

Ou le retour du Printemps.

Le jour commençait à paraître, et l'aurore parée de ses plus riches couleurs rougissait l'horizon et annonçait un jour pur et sans nuages; la rosée salutaire du matin se répandait sur les campagnes et leur donnait une nouvelle vie; les petits oiseaux dans les airs bénissaient leur créateur, les bergers dans la plaine louaient le Dieu de leurs pères. A cet instant le jeune Isaac, berger du hameau voisin, sortant de sa chaumière, conduisait son troupeau dans une belle prairie arrosée par les eaux du Jourdain, sur les bords duquel il se repose quelques instants. Fidèle Delphis, dit-il, à son chien, je te confie mon troupeau, veille à ce qu'aucune brébis ne s'écarte dans la plaine. A ces mots il se retire sur le coteau voisin, pour y faire à Dieu sa prière, et va sous un antique chêne dont les rameaux ombrageaient un autel qui était au pied; c'est là qu'il adresse à Dieu ses vœux innocents : « Je suis ô mon Dieu, bien jeune encore, je n'ai jamais rien fait pour vous, quelquefois seulement j'ai porté le fer destiné à immoler la victime, accompagnant mon père lorsqu'il venait vous offrir en sacrifice une de ses brébis. C'est bien peu de chose ; cependant, ô mon Dieu, vous me comblez tous les jours de vos faveurs ; c'est à vous que je dois la vie, c'est vous qui me la conservez tous les jours ; c'est encore par un effet de votre bonté qu'aujourd'hui je vois l'astre du jour éclairer les campagnes : qu'il est beau ce soleil ! qu'elles sont brillantes ces franges dorées qui l'entourent ! qu'elle est agréable cette douce chaleur qu'il répand le matin sur toute la nature ! Que votre magnificence est grande, ô mon Dieu ! Ce fleuve, vous le faites couler pour désaltérer mes brebis ; ces prairies, vous les couvrez d'une herbe tendre pour fournir à mon troupeau un pâturage abondant et agréable. Ces arbres touffus, c'est-vous, ô mon Dieu, qui les couvrez d'un feuillage épais pour me garantir des ardeurs de l'astre du jour. Chaque année vous donnez un nouvel éclat aux campagnes par le renouvellement du printemps ; chaque année vous rajeunissez la nature : puissiez-vous aussi rajeunir mes parents, l'objet de ma tendresse. Déjà mon père est accablé sous le fardeau des ans, sa tête est déjà chauve. Rendez-lui, ô mon Dieu, la vigueur de sa jeunesse, et accordez-lui encore une longue et heureuse vieillesse. Vous le conserverez, Seigneur, je l'espère ; et, pour vous en témoigner ma reconnaissance, quand je serai plus grand, et que j'en aurai la force, le sang de ma plus belle brébis rougira cet autel qui vous est consacré.

THÉOBALD JOUSSEAUME, *de Marans.*

IDYLLE.

L'AMOUR FRATERNEL.

JEUNES Bergers, rangez-vous autour de moi sur le verd gazon, au pied de ce chêne antique. Prêtez à mes chants une oreille attentive : « Qu'il est doux d'avoir un frère! C'est le trésor le plus précieux, c'est le baume de la vie. Rien n'est comparable au cœur d'un bon frère. Bergers, j'en ai fait l'heureuse expérience. Mon frère se plie à tous mes désirs, il court au-devant de tous mes vœux. Je puis sans crainte déposer dans son sein tous mes secrets, je puis lui dévoiler tous les sentimens de mon cœur. Son sourire dissipe mes chagrins et sa voix porte la joie dans mon âme. Les nuages de la tristesse ont-ils obscurci mon front, je le vois triste, abattu, accourir auprès de moi pour partager ma douleur et sécher mes larmes. Mais si le ciel sourit à mes travaux et couvre mes champs d'une moisson abondante ; si mes vignes plient sous le poids du raisin, et si le vin coule à grands flots dans mes pressoirs, je vois mon frère voler vers ma chaumière d'un air joyeux, et sa présence donne un nouveau prix à ma prospérité. Sa plus grande joie est de voir couler mes jours dans l'abondance; mon bonheur fait son bonheur.

Combien de fois ne l'ai-je pas vu verser des larmes de joie, lorsque le Ciel me comblait de ses dons, et répandait sur mes champs sa rosée bienfaisante. Si quelquefois son cœur s'aigrit contre moi, s'il se refroidit un instant, un mot appaise sa colère ; dès que mes larmes commencent à couler, il court se jeter dans mes bras, et tout est oublié. Mon bonheur n'est rien, si mon frère ne le partage ; la beauté de la campagne n'a rien que de triste pour moi, si la présence de mon frère ne l'embellit. Il n'y a point pour moi de festins délicieux que celui où je vois mon frère assis à mes côtés. Bergers, que vos voix s'unissent à la mienne, et chantons tous ensemble : Rien sur la terre n'est comparable au cœur d'un bon frère.

ALEXANDRE JACOBSEN, *de Noirmoutier.*

Le Jeune Chêne.

Au fond d'une fertile plaine,
Sur le courant d'un clair ruisseau
Croissait jadis un petit Chêne
Qui devait être un jour l'ornement du hameau.
« Epargnez mon jeune feuillage,
» Disait-il aux brebis qui paissaient à l'entour :
» Ah ! si vous m'épargnez, vous trouverez un jour,
» Sous mes rameaux un agréable ombrage :
» Même pour vour payer d'un trop juste retour
» Je vous défendrai de l'orage ».
Chaque brebis, sensible à ce tendre langage,
A ses branches ne touche pas.
A quelque temps de là, le berger Lycidas
Vient à passer : il voit le jeune Chêne
Que le courant allait déraciner.
Lycidas le voit avec peine :
A la fureur des eaux il voudrait l'arracher ;
Il prend sa hache, il se met à former
Tout à l'entour un fort rempart d'épine.
L'arbre se croit à l'abri du danger.

Hélas ! un ver caché dans sa racine
Le rongeait en secret : le Chêne a beau gémir,
Avant l'automne il se sentit périr.

Vous, dont l'heureuse enfance,
Croit sous les yeux de vertueux parents,
Craignez encor, malgré leur vigilance,
Qu'avec ses appas séduisants,
Le vice de vos cœurs n'altère l'innocence.

Ev. Alex. BRETONNIÈRE, *de la Chapelle-Heulin.*

Fable.

La Critique du Singe.

GRIMASSOTIN, singe de sa nature,
Fort mal bâti de corps, fort vilain de figure,
Après avoir volé dans tous les environs
Force noix et force melons,
Après avoir couru jusques à perdre haleine,
N'en pouvant plus, aux bords d'une claire fontaine,
Il arrive fort à propos;
Et, sans que je l'assure, on me croira sans peine.
Grimassotin, dans ces limpides eaux,
Sans plus tarder se disposait à boire,
Quand tout-à-coup, à ce que dit l'histoire,
Viennent s'offrir à ses regards surpris
Les traits affreux d'un vilain être,
Que pour le diable il aura pris peut-être,
Si de Grimassotin le diable était connu;
Mais sur ce point je n'ai rien lu.
Grimassotin eut peur; la chose est avérée,
Car autrement je ne la dirais pas;
Même Grimassotin recula de trois pas;
Mais bientôt sa frayeur étant un peu calmée,
Il fait un pas, puis deux, trois en avant;

Le voilà sur le bord ; le même personnage,
Dès qu'il paraît, reparaît à l'instant.
Grimassotin, en son brillant langage,
Le complimente ; en singe, l'on m'entend :
« Monseigneur, que votre éminence
» Me laisse un peu la contempler :
» Quels traits ! quel port ! quelle élégance !
» Oh ! qui pourrait ne pas vous admirer !
» Noble est votre maintien ; votre taille est parfaite ;
» Le beau corps ! les beaux pieds ! et l'agréable tête !
» Le joli petit nez ! les charmants petits yeux !
» Voyez quelle bouche vermeille !
» Et cette queue, elle sied à merveille !
» Et cette peau dont la blancheur
» Du cygne efface le plumage !
» Que de beautés !.... » Notre complimenteur
Allait encore en dire davantage,
Quand le Renard, passant par là,
Fort à propos vint l'interrompre : « Or çà,
» Dit-il, à qui tenez-vous ce langage ? »
— « A qui ? regardez ; voyez-vous
» Ce petit animal dont la laideur extrême... ».
Le Renard le regarde : « Ami, que dites-vous ?
« Prenez-y garde, c'est vous-même. »

ANTHIME MENARD, *de Savenay*.

FABLE.

L'Abeille, la Guêpe et la Fourmi.

QUAND les zéphyrs ramènent le printemps,
Quand tout renait dans la nature,
Et que l'on voit nos vallons et nos champs
Reprendre de nouveau leur brillante parure,
L'abeille bourdonnant va cueillir sur les fleurs
De son nectar les exquises douceurs :
Un jour donc, de l'Hybla la savante ouvrière,
Avec soin poursuivait ses utiles travaux,
Lorsqu'elle entend près d'elle une guêpe en colère,
Exhalant son dépit à peu près en ces mots :
« Vous avez bien sujet de faire l'orgueilleuse,
» Avec ce miel qu'on dit être si doux !
» Madame, est-ce donc là pour l'emporter sur nous
» Une chose si précieuse ?
» Et puis ce miel, est-il à vous ?
» Ajoutait l'insecte jaloux.
« Non ; si l'on juge bien l'affaire,
» Vous devez à ces fleurs ce miel qu'on vante tant :
» Ce n'est pas un sujet, ma foi, d'être si fière !
» Et je ne puis souffrir vraiment
» Que l'orgueilleuse abeille ait sur nous l'avantage,
» Et, que lorsqu'on me chasse, on la mette en honneur.»

L'abeille allait répondre à ce honteux langage ;
Une fourmi du voisinage
Se hâte de répondre avec un peu d'humeur :
« Çà! laissez-nous travailler, je vous prie :
» Et sans vous enflammer d'un injuste courroux,
» De grâce, montrez-nous, ma mie,
» Le doux miel que l'on fait chez vous. »

PAUL D'ANDIGNÉ, d'*Angers.*

FABULA.

APIS, VESPA ET FORMICA.

SEDULA per hortum floribus redolentem Apis
Volitabat, avidoque ore nectareas opes
Legebat : illam Vespa conspicit invida :
« Quæ tibi superbia ista sic tumens, ait,
» Quosdam tuum jactare mel, fateor, juvat :
» At res quidem miranda sanè, maximi
» Pretii, et forsam nil difficile factu magis !
» At mihi dic, quæso, parvula Apis, ubi colligas
» Quibus superbis mella ? bene si noverim,
» Florentia per virecta quæ passim rapax
» Avide spoliaris. Et ideò nos despicis ! »
Apis erat responsura, quando parvula
Formica dixit : « Hæc quid odiosæ volunt
» Tuæ loquelæ, magna Vespa ? vacat Apis
» Sedula labori, et illa neminem despicit.
» Quòd floribus pulcherrimis mel colligit
» Arguis ; amica, quos facis præbe favos.

FRANCOIS MAUGIS, *de Vertou.*

FABULA.

PARVULA QUERCUS.

Quercus in amenà valle parvula creverat,
Quam rivulus læta fugiens per gramina
Undis rigabat limpidis. Ovium greges
Circùm solebant pascere ; tenellæ suæ
Frondi timens Quercus ait ovibus : « Parcite
» Foliis, precor, parcite meis, si commotæ
» Precibus mihi peperceritis, umbracula
» Pergrata vobis dabo, dies cum fervidi
» Captare cogunt frigora pecus torridum.
Flecti sciunt oves ; foliia depascere
Quæque abstinet ; prescesque veretur supplicis.
Forte Lycidas pertransit hàc deambulans :
Tunc arborem riguis ferè undis erutam
Conspicit, et è gravi periculo illam cupit
Servare, septaque sentibus circumdare
Statuit. Ab omni periculo arbor se putat
Tutam, sed in radice vermiculus latens
Exedit, et arbor misera paulatim perit :
Quid extera juvant, nisi mens verstra sit innocens.

AMAND-LUC DE LEPERTIÈRE, *de Saint-Viau.*

FABULA.

Bos et Culex.

LASSI itinere bovis, et pondus grave
Tardè trahentis, capiti turgidus insidens,
Parvus culex pondere suo ingenti bovem
Lassare putabat, hasque voces protulit:
« Quis crédat oneris esse culicem tam gravis!
» Miserande bos! volitare ego possum levis,
» Et te levare pondere isto quo gemis
» Defessus, et tunc facilius perges viam. »
Gravitate bos suâ excutit indignans caput.
« Equidem, culex ingens, ait, non noveram
» Nostro sedentem capiti inesse; quomodo
» Scire potuissem? Te, fateor, haud sentio. »
Multi, culitis instar hujus se putant
Magni esse ponderis, et tamen fere sunt nihil.

FRANÇOIS BLANCHARD, *d'Aigrefeuille*.

Fable.

Les Oiseaux.

L'HIVER exerçait sur la terre toute sa rigueur, et la neige couvrait toutes les campagnes. Une troupe de petits oiseaux, tout grelottants de froid et pressés par la faim, se tenait tristement perchée sur la cime d'un buisson. Un pinson vole vers eux. « Bonne nouvelle! leur crie-t-il : venez; suivez-moi; je viens de trouver une aire couverte de grain, nous allons aujourd'hui faire bombance. » A ces mots, toute la troupe se précipite pleine de joie à la suite du pinson, lorsqu'une allouette fort expérimentée cherche à les retenir : « Où volez-vous, jeunes imprudents, vous courez à votre perte. Ne voyez-vous pas que c'est le perfide oiseleur qui a répandu ce grain, pour vous attirer dans ses filets, ne vous y laissez pas tromper, suivez mes conseils, ou vous vous en repentirez trop tard.» Ventre affamé n'a point d'oreilles; aussi les oiseaux ne l'écoutèrent pas. « C'est une radoteuse, disait le pinson; ou bien elle voudrait tout réserver pour elle, et nous voir mourir de faim.» Alors, la troupe se précipite sur le grain. Leur témérité leur coûta cher, pas un des oiseaux n'échappa. L'allouette avait raison sans doute; mais ceux qui ont raison, même parmi les hommes, sont-ils toujours écoutés!

JEAN HERY, *du Loroux.*

Fable.

L'Abeille et le Papillon.

DANS le temps que le soleil lance sur la terre ses feux les plus ardents (c'était au mois d'août), un papillon voltigeait de fleurs en fleurs, étalant avec grâce ses couleurs brillantes et sa riche parure. Dans ses courses rapides, il rencontre par hasard une abeille, qui cherchait aussi les fleurs, mais par un autre motif. « Madame, lui dit-il d'un ton léger, et tout en voltigeant, vous voilà bien occupée. Que vous êtes bonne de travailler ainsi sans relâche, pour composer ce miel que les hommes vous ravissent sans vous en savoir gré ! Pourquoi tant vous fatiguer en vain? Oh ! Je suis plus heureux moi : je me nourris, comme vous, du suc des fleurs ; je me repose dans le calice des roses, puis je m'élève gaiment dans les airs, mais je ne travaille point. Faites comme moi, vous serez certainement plus heureuse. » L'abeille lui répondit, sans cesser de pomper le suc d'une belle fleur : « Si comme le papillon je ne devais vivre qu'un printemps, je pourrais me donner moins de peine, mais je songe à l'avenir, je me prépare des provisions pour le temps où les frimats remplacent les fleurs ; et, tandis que le papillon périra de misère, je trouverai dans ma ruche de quoi vivre encore long-temps. »

PITRE JOYAU, *de Nantes.*

Le Corbeau et le Cygne.

Un corbeau vint se percher sur un arbre qui était sur le bord d'un étang. Là il aperçoit un cygne qui se promenait sur les eaux avec grâce ; son éclatante blancheur le surprit: « Que cet oiseau est beau, se dit-il, à lui-même, que son plumage est charmant ! J'avais jusqu'ici admiré le mien ; mais, je l'avoue malgré moi, celui du cygne est plus beau. Ne pourrais-je pas reparer les torts de la nature envers moi ? Voyons ; pourquoi le cygne est-il si blanc ? C'est qu'il est toujours dans l'eau. Si donc, je descendais dans ce lac, si je m'y lavais bien, je ne tarderais pas à voir briller sur moi toute la blancheur du cygne : essayons. » Aussitôt dit, aussitôt fait. Voilà mon corbeau qui s'abat dans le lac ; il se lave, mais il voit qu'il ne blanchit point; il se lave encore, mais l'eau appesantit ses aîles ; il ne peut plus s'élever dans les airs, ni sortir du lac : il s'y noie, en déplorant sa vanité insensée d'avoir aspiré à un don que la nature lui avait refusé.

Pierre Allard, *de Sion.*

FABLE.

LE ROSSIGNOL, LE COUCOU ET L'ANE.

Au fond d'un bosquet solitaire, le Rossignol, chantant l'hymne de la nature, célébrait le retour du printemps, et l'écho redisait ses accents mélodieux. Non loin de là se trouvait un Coucou, enfoncé dans le creux d'un arbre. Les chants du Rossignol l'importunent. Il veut mettre fin à une mélodie si désagréable et si fatigante pour les oreilles d'un Coucou. Il sort de son trou, et s'approche. « Petit oiseau, dit-il au Rossignol, qui semble être si fier de ton chant, sais-tu que ta voix n'est rien comparée à la mienne, et que mon chant dont retentissent au loin les échos, efface celui de tous les rossignols du monde? Cesse donc d'importuner par tes interminables roulades les paisibles habitants des bois. Sache que c'est à moi de célébrer le retour du printemps. Et si tu ne veux pas t'en rapporter à mon témoignage, prenons pour juge cet Ane qui paît là bas au milieu des chardons. » Le Rossignol y consent; l'Ane est pris pour arbitre. Le Rossignol commence, et tire de son gosier des sons qui auraient ravi tout autre qu'un âne. Le baudet peu satisfait remue dédaigneusement ses longues oreilles. Le Couçou chante à son tour; et tous les environs retentissent de son unique et ravissant concert : *Cou-cou, Cou-cou* ! L'Ane alors se dresse, admire, applaudit. « C'est à merveille, s'écrie-t-il, en adjugeant le prix au Coucou, ce chant ressemble beaucoup au mien. » Puis, il se mit à braire.

ROMAIN PERRIN, *de Nantes.*

www.ingramcontent.com/pod-product-compliance
Ingram Content Group UK Ltd.
Pitfield, Milton Keynes, MK11 3LW, UK
UKHW012108240726
13965UKWH00004B/1623

9 782013 042529